SANTA ANA PUBLIC LIBRARY
D1094971

Una montaña para Pancho

Texto: Margarita Mainé
Ilustraciones: Nora Hilb

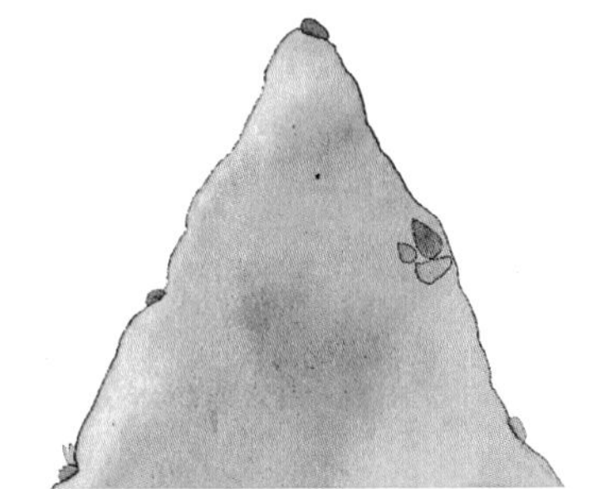

edebé

Paseo de San Juan Bosco, 62
08017 Barcelona
www.edebe.com

Directora de la colección: Reina Duarte.
Diseño de las cubiertas: DMB&B.

8.ª edición

ISBN 978-84-236-4740-8
Depósito Legal: B. 41096-2007
Impreso en España
Printed in Spain
EGS - Rosario, 2 - Barcelona

HABÍA UNA VEZ UN ELEFANTE CHIQUITO QUE SE LLAMABA PANCHO.

EN EL LUGAR DONDE PANCHO VIVÍA, HABÍA PASTO, ALGUNOS ÁRBOLES Y MUCHAS FAMILIAS DE ANIMALES. PERO NINGUNO TAN GRANDE COMO PANCHO.

CUANDO PANCHO ESTABA ABURRIDO, SU MAMÁ LO MANDABA A JUGAR CON LAS JIRAFAS.

PERO ELLAS ERAN ESTIRADAS Y ELEGANTES. NO LES GUSTABA TIRARSE EN LA TIERRA COMO A ÉL.

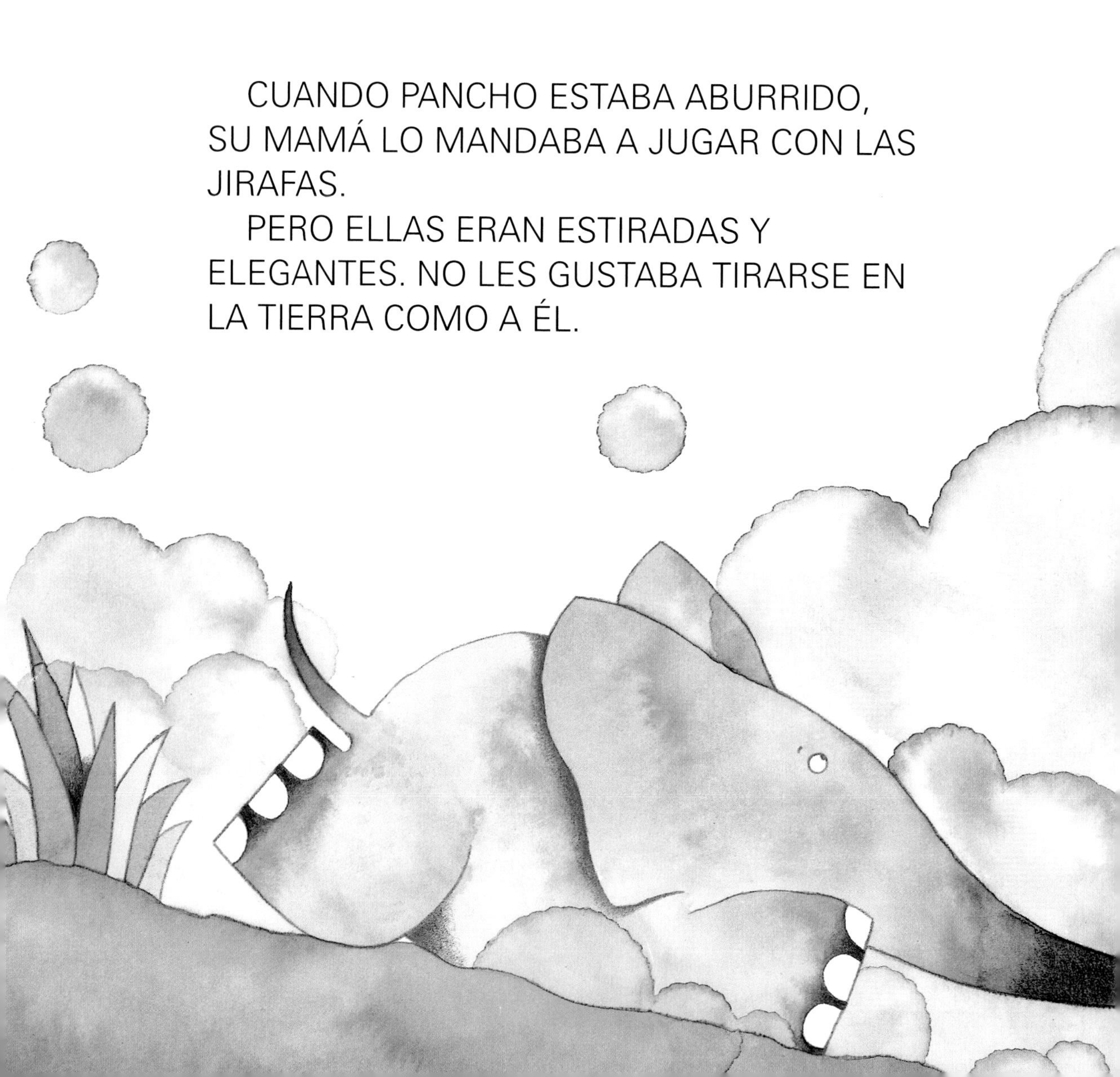

OTRO DÍA MAMÁ ELEFANTA LO MANDABA A JUGAR CON EL HIPOPÓTAMO.

PERO HIPO ERA DEMASIADO VAGO PARA JUGAR CON PANCHO Y SÓLO QUERÍA SUMERGIRSE EN EL AGUA A DORMIR LA SIESTA.

—MAMI, ¿QUÉ HAGO? —PREGUNTABA PANCHO.

Y DOÑA ELEFANTA SE TAPABA SUS ENORMES OREJOTAS PARA NO ESCUCHARLO MÁS.

UNA TARDE, EL ABUELO DE PANCHO LE CONTÓ QUE, MUY LEJOS DE ALLÍ, EXISTÍAN UNOS INMENSOS MONTONES DE TIERRA LLAMADOS MONTAÑAS.

—¿SON MÁS GRANDES QUE NOSOTROS LAS MONTAÑAS? —PREGUNTÓ PANCHO, ENTUSIASMADO.

—SÍ, MUCHO MÁS GRANDES —LE RESPONDIÓ SU ABUELO.

DESDE ESE DÍA COMENZÓ A PENSAR CADA VEZ MÁS Y MÁS EN SUBIR A UNA MONTAÑA Y MIRAR EL MUNDO DESDE LO ALTO.

CUANDO CRECIÓ Y SE PUSO TAN GRANDE COMO SU PAPÁ, SE DESPIDIÓ DE TODOS Y SE FUE A BUSCAR SU MONTAÑA SOÑADA.

CAMINÓ, CAMINÓ Y CAMINÓ, HASTA QUE SUS OJOS SE TOPARON CON UN MONTÓN DE TIERRA QUE SUBÍA CASI HASTA EL CIELO.

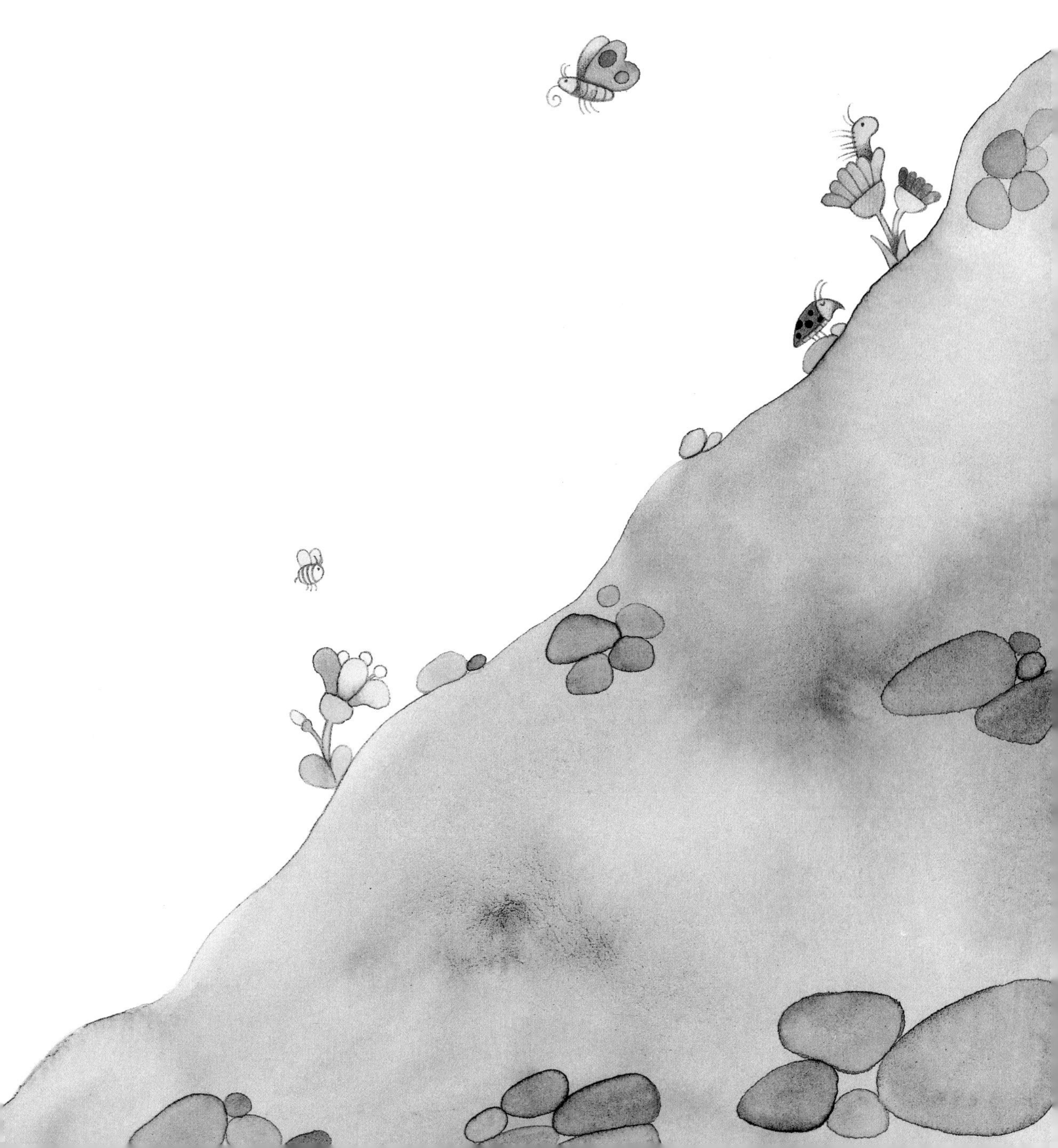

CONTENTÍSIMO, PANCHO EMPEZÓ A SUBIR.

PERO SÓLO LLEVABA UN CORTO TRECHO CUANDO DIO UN RESBALÓN Y, RODANDO, RODANDO, SE ENCONTRÓ NUEVAMENTE AL PIE DE LA MONTAÑA.

DOS ENORMES LAGRIMONES CAYERON DE SUS OJITOS.

ENTONCES UN SAPO QUE POR AHÍ PASABA LE DIJO:

—¿POR QUÉ LLORAS, GIGANTÓN?

—QUIERO SUBIR A LA MONTAÑA Y NO PUEDO.

—CREO QUE ES PORQUE ESTÁS MUY GORDO Y PESADO —LE DIJO EL SAPO, Y SE FUE SALTANDO.

ENTONCES PANCHO DECIDIÓ BAJAR DE PESO.

DURANTE UNA SEMANA COMIÓ SÓLO ALGUNOS PASTITOS, HASTA QUE SU PANZA CASI DESAPARECIÓ.

ENTONCES DECIDIÓ INTENTARLO DE NUEVO.

SUBIÓ, SUBIÓ Y SUBIÓ, PERO LAS FUERZAS NO LE ALCANZABAN PARA SEGUIR Y TUVO QUE SENTARSE UN RATO. ASÍ FUE RESBALANDO POR LA LADERA HASTA ESTAR OTRA VEZ AL PIE DE LA MONTAÑA.

DOS ENORMES LAGRIMONES SE ASOMARON A SUS OJOS.

—¿POR QUÉ LLORAS? —LE PREGUNTÓ UNA HORMIGA QUE POR AHÍ PASABA.

—QUIERO SUBIR A LA MONTAÑA Y NO PUEDO.

—ESTÁS MUY FLACO. CREO QUE LAS FUERZAS NO TE ALCANZAN —LE DIJO LA HORMIGA, Y SIGUIÓ SU CAMINO.

ENOJADO POR NO PODER SUBIR A LA MONTAÑA, PANCHO SE COMIÓ UN ARBUSTO ENTERO Y SE ACOSTÓ PARA DORMIR SU SIESTA DE PANZA LLENA.

UN RATONCITO QUE POR AHÍ PASABA LO VIO Y PENSÓ:

—QUÉ ENORME MONTAÑA GRIS. SIEMPRE QUISE SUBIR UNA MONTAÑA COMO ÉSTA.

Y TREPANDO POR LA COLA DE PANCHO, LLEGÓ HASTA EL LOMO. ALLÍ SE PUSO A MIRAR EL MUNDO DESDE LO ALTO.

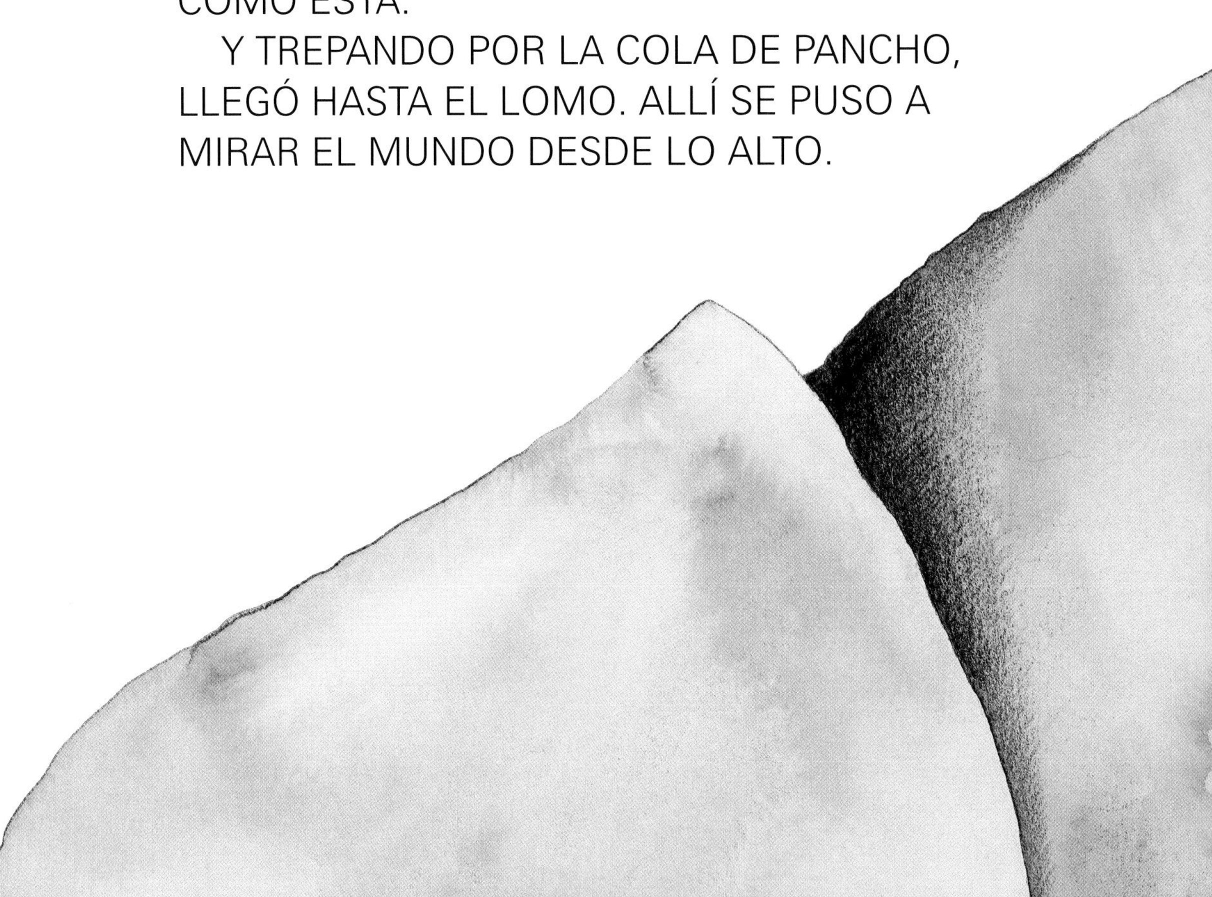

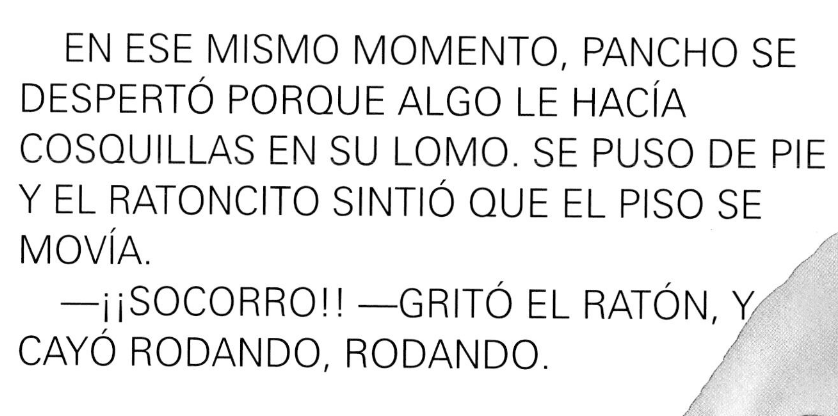

EN ESE MISMO MOMENTO, PANCHO SE DESPERTÓ PORQUE ALGO LE HACÍA COSQUILLAS EN SU LOMO. SE PUSO DE PIE Y EL RATONCITO SINTIÓ QUE EL PISO SE MOVÍA.

—¡¡SOCORRO!! —GRITÓ EL RATÓN, Y CAYÓ RODANDO, RODANDO.

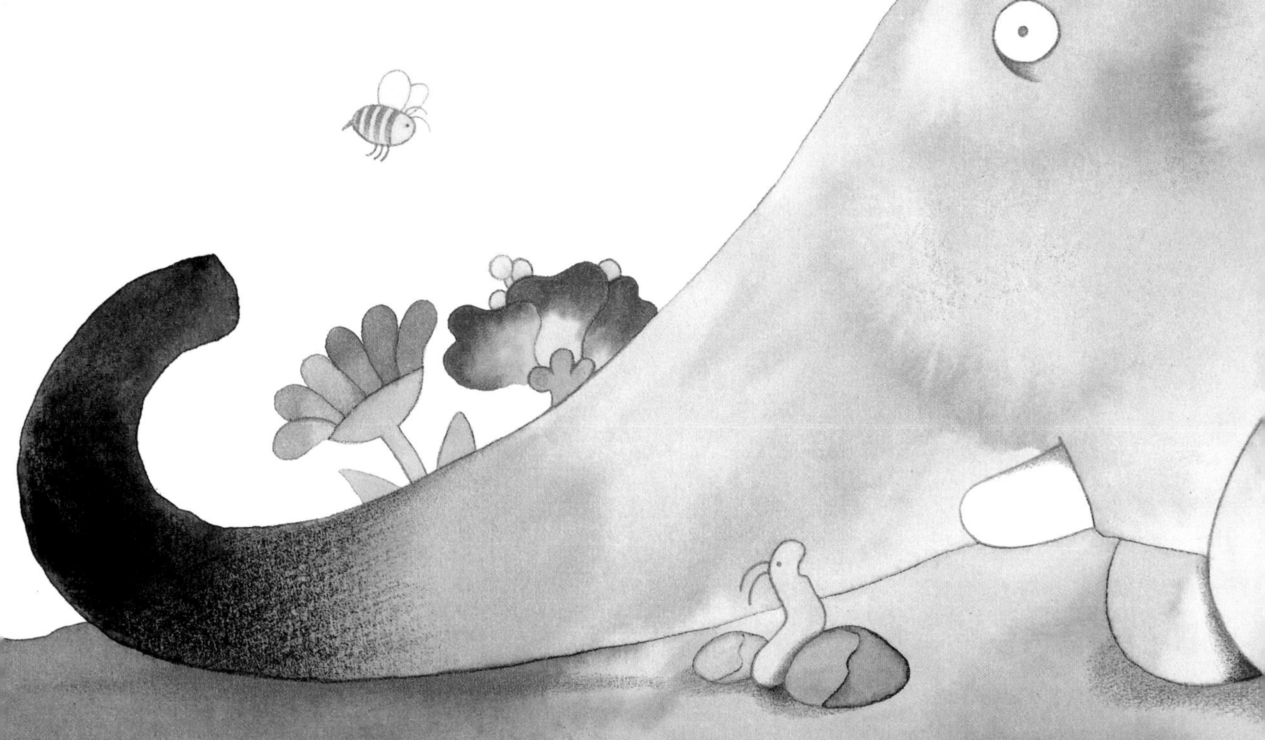

—ME CAÍ DE LA MONTAÑA —PROTESTÓ EL RATÓN.

Y PANCHO LE DIJO:

—YO TAMBIÉN.

DESPUÉS SE CONTARON HISTORIAS DE MONTAÑAS Y DE CAÍDAS. ASÍ SE HICIERON AMIGOS Y JUNTOS MIRARON EL MUNDO, CADA UNO DESDE SU ALTURA.

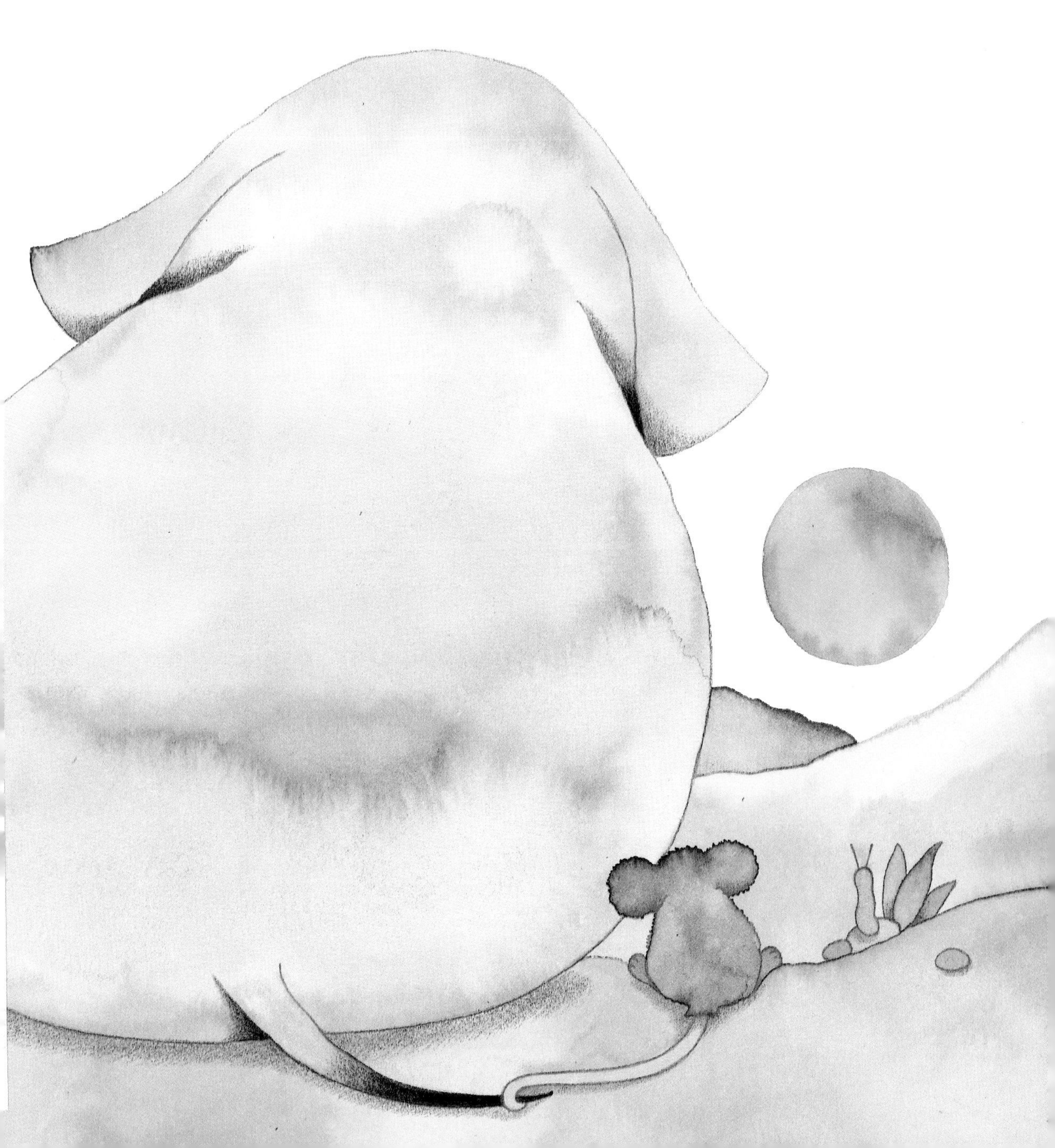